AF332288

LA MORT

DU

ROI DE ROME.

DRAME EN UN ACTE.

PAR M. D'ORNOY.

REPRÉSENTÉ POUR LA PREMIÈRE FOIS, SUR LE THÉATRE DU PANTHÉON,
LE DIMANCHE 26 AOUT 1832.

PRIX : 1 FR. 50 C.

SE VEND AU THÉATRE

ET AU MAGASIN DE PIÈCES DE THÉATRE,

CHEZ MARCHANT, ÉDITEUR,

Boulevard Saint-Martin, N° 12,

1832.

PERSONNAGES.ACTEURS.

PERSONNAGES.	ACTEURS.
NAPOLÉON, Duc de Reischtadt.	M. ADOLPHE.
MULLER, son valet de chambre.	M. ECIG-BERNARD.
Le Comte de ***, CONSEILLER à la cour d'Autriche.	M. CH. POTIER.
LE DOCTEUR, médecin du Duc.	M. BARRET.
FRANTZ, sergent.	M. GUSTAVE.
UN HUISSIER.	M. LÉON.
EMMA, comtesse de Felsberg.	Mlle SYDONIE.
Peuple.	

La scène se passe au château de Schœnbrunn.

Imp. de LOTTIN DE ST.-GERMAIN, rue de Nazareth, N° 4.

LA MORT DU ROI DE ROME.

Le théâtre représente un salon ouvrant dans le fond sur une galerie vitrée. A gauche du spectateur, porte conduisant à l'appartement du Prince; du même côté, au premier plan, une table sur laquelle sont placés une carte de géographie, quelques livres, et le buste de Napoléon; auprès de la table, un fauteuil; à droite, sur le même plan, une causeuse.

SCENE PREMIERE.

UN HUISSIER, FRANTZ.

(Au lever du rideau, une affluence de peuple remplit la galerie vitrée. Des sentinelles sont placées à toutes les issues.)

FRANTZ.

Mes hommes sont à leur poste... Le prince peut sortir de son appartement quand il voudra.

L'HUISSIER.

C'est pour midi.

FRANTZ.

Nous y voilà bientôt, et depuis cinq heures du matin, cette galerie est pleine comme vous voyez. Ce que c'est pourtant que d'être prince du sang... a-t-on la moindre fluxion de poitrine... tout le monde est en l'air...

L'HUISSIER.

Monseigneur est en pleine convalescence depuis quinze jours; mais il sort aujourd'hui pour la première fois... Grâce à Dieu, le voilà rétabli.

FRANTZ.

Grâce aussi au vieux Muller, son valet-de-chambre... qui ne l'a pas quitté une minute... observant tout, ne se fiant à personne des soins qu'il fallait lui donner. On dit même qu'il goûtait, comme d'habitude, à tout ce que prenait monseigneur... Pauvre cher homme! que de drogues il a dû avaler.

L'HUISSIER.

Bah! il n'y songe déjà plus.

FRANTZ.

C'est un individu fait dans un moule tout exprès... Je ne parle pas du physique... mais le caractère...

L'HUISSIER.

Vous le connaissez donc ?

FRANTZ.

Est-ce que je n'ai pas servi huit ans avec cet original de Bavarois, dans les Grenadiers de Courlande... Bon soldat, ma foi, franc camarade ; mais pas fort sur le dialogue. Avec son baragouin, qu'il appelle du bon allemand, pas facile de le comprendre... Il répète toujours *qu'il avre bas teux itées* ; je me demande s'il en a une... Ah ! si... si fait, il a son *tic*.

L'HUISSIER.

Il a un tic... et lequel ?

FRANTZ.

Son duc.

L'HUISSIER.

J'entends bien ; mais vous disiez son *tic*.

FRANTZ.

Pour faire comme lui, son tic... son duc.

L'HUISSIER.

Ah ! c'est monseigneur qu'il écorche comme ça ?

FRANTZ.

Très-bien ! mais sans intention.

L'HUISSIER.

Au fait, il a la figure d'un bonhomme.

FRANTZ.

Oui... Cependant je remarque qu'il a toujours l'air de se moquer de vous.

L'HUISSIER.

De moi ! sergent, est-ce une personnalité ?

FRANTZ.

Allons, vous voilà comme M. Muller, vous ne comprenez rien... il se moque de vous comme de moi et de tout le monde. Parbleu ! huissier, vous êtes bien farouche sur les procédés.

L'HUISSIER.

M. Muller m'a toujours traité avec beaucoup d'égards.

FRANTZ.

Je vous dis que c'est un original ; mais avec tout ça n'allez pas flâner de trop près autour de son tic, car alors plus de bonhomme : c'est une lionne qui garde ses petits... il serait capable de vous avaler comme un cornichon... passez-moi le calembourg.

L'HUISSIER.

Décidément, sergent, vous m'insultez.

FRANTZ.

A votre affaire, huissier... on sort de chez le prince... c'est son médecin.

L'HUISSIER.

Avec le bonhomme Muller.

SCENE II.

LES MÊMES, MULLER, LE DOCTEUR.

LE DOCTEUR.

Vous m'avez compris, Muller?

MULLER.

Ya, toctir.

LE DOCTEUR.

Je me fie à votre prudence; n'oubliez rien.

MULLER.

Ya, toctir... j'afre bas teux itées, moi, bauvre homme; mon tic... et buis mon tic... foilà !

(Mouvement d'impatience dans la foule.)

LE DOCTEUR.

Qu'est-ce donc?

FRANTZ.

De braves gens qui sont venus à Schœnbrünn pour voir le prince... Faut-il ouvrir les portes?

MULLER.

Oufre, oufre... Blace pien tes hommes, et ne laisse pas abbrocher... J'aime les prafes chens, moi... mais bas trop brès te mon tic.

(On ouvre les portes de la galerie; et la foule envahit les abords du salon, malgré les efforts des soldats de garde, qui la repoussent.)

FRANTZ.

Rangez-vous ! voici le prince !

L'HUISSIER, annonçant.

Monseigneur !

(La foule se presse du côté où entre le duc. Des acclamations de joie éclatent à son aspect.)

SCÈNE III.

Les Mêmes, *le* PRINCE, *en uniforme autrichien ;* Suite,
composée de quelques Aides-de-camp.

LE PEUPLE.

Vive notre prince ! vive le duc de Reichstadt !

MULLER, *après tout le monde.*

Fife mon tic !

LE PRINCE.

Merci, mes amis, merci ; vous le voyez, je suis encore des
vôtres. (*Il tend la main au docteur.*) Docteur, comment re-
connaître vos soins paternels ?.. que puis-je vous offrir ? mon
amitié... acceptez-la.

LE DOCTEUR.

Ah ! prince...

(Il baise la main du duc.)

LE PRINCE, *s'approchant de Muller.*

Eh bien ! mon fidèle... es-tu content ?

(Il lui frappe tout doucement sur la joue.)

MULLER, *souriant.*

Oh ! gott ! gott !

LE PRINCE, *bas.*

Muller.

MULLER, *de même.*

Mon tic ?

LE PRINCE.

Dans une heure, à l'entrée des bosquets.

MULLER.

Che combrends.

LE PRINCE.

Une épée sous ta redingotte.

MULLER.

Che combrends bas.

LE PRINCE.

Tais-toi et obéis.

MULLER.

Che combrends.

LE PRINCE.

As-tu vu Emma ?

MULLER.

En personne fifante.

LE PRINCE.

Le rendez-vous que je lui ai demandé ?

MULLER.

LE PRINCE.

Elle y rentra.

Le lieu ?

MULLER.

Ici.

LE PRINCE.

L'heure ?

MULLER.

Suportonnée à la circonstance... en ce moment, bas bos-
sible...

(Roulement de tambour ; on bat aux champs.)

SCENE IV.

LES MÊMES, *le* CONSEILLER, *plusieurs* OFFICIERS.

LE CONSEILLER.

Le régiment de Son Altesse est sous les armes ; on a pensé
que Monseigneur voudrait bien se montrer pendant quelques
instants.

LE PRINCE.

Quelques instants... Oui, M. le Conseiller... j'y vais... (*A
part.*) Une digne occupation pour un prince français ! passer
en revue des soldats autrichiens. (*Haut, aux officiers.*) Par-
tons, messieurs.

(Il fait à Muller un signe d'intelligence, et s'éloigne suivi des officiers et
aides-de-camp ; acclamations du peuple qui se presse sur son passage.
Tout le monde sort, excepté le conseiller, qui retient aussi le docteur.)

SCÈNE V.

LE CONSEILLER, LE DOCTEUR.

LE CONSEILLER.

Restez, docteur, j'ai besoin de vous consulter...

LE DOCTEUR.

Seriez-vous malade, monsieur le comte ?

LE CONSEILLER.

Grâce à dieu, j'ai reçu de la nature une constitution des
plus robustes, mais il m'est survenu...

LE DOCTEUR.

Quoi donc ?

LE CONSEILLER.

Un scrupule... j'ai été placé auprès du jeune prince, pour

représenter ici Son Excellence qui, vous le savez, m'honore de toute sa confiance... et puis un peu aussi pour...

LE DOCTEUR.

Oui, pour voir, pour entendre... et rendre compte à Son Excellence, de tout ce qui se dit, de tout ce qui se fait ici...

LE CONSEILLER.

Voilà...

LE DOCTEUR.

Et c'est une justice à vous rendre, monsieur le comte, vous remplissez vos fonctions avec un zèle... une intelligence... certes on ne pouvait mieux choisir.

LE CONSEILLER.

Vous me flattez.

LE DOCTEUR.

Non, non... je vous jure que personne ne pourrait faire ce que vous faites.

LE CONSEILLER.

Oh! oui... la grande habitude... je n'ai jamais fait que ça... mais revenons à mon scrupule... dans le dernier bulletin que j'ai transmis sur la santé du prince, j'ai cru pouvoir affirmer que son état était désespéré... et que d'un jour à l'autre...

LE DOCTEUR.

Quoi! monsieur le comte, vous avez dit...

LE CONSEILLER.

Eh! voilà précisément ce qui me tourmente... j'entends dire aujourd'hui que le prince est tout-à-fait hors de danger. J'ai donc le désagrément de m'être trompé, et je vais passer auprès de Son Excellence pour un imbécile. Voyons, mon cher docteur, tirez-moi d'inquiétude... que je sache à quoi m'en tenir.

LE DOCTEUR.

Hélas! que vous dirais-je, monsieur?.. le prince est en proie à l'une de ces affections qui épuisent lentement les sources de la vie et rendent vains tous les secours de l'art.

LE CONSEILLER.

A la bonne heure! je savais bien que je ne m'étais pas trompé... mais il paraîtrait que Monseigneur ne connaît pas son état?..

LE DOCTEUR.

Comme tous les infortunés atteints du même mal, il se croira plein de force et d'avenir, jusqu'au moment où tout sera fini. Il éprouve aujourd'hui une sorte de soulagement... mais d'un jour, d'un instant à l'autre, le mal peut l'emporter; il suffirait, pour provoquer une crise funeste, d'une émotion trop vive... d'une contrariété même... et je ne saurais trop recommander de lui épargner...

LE CONSEILER.

Certainement, certainement... mais Monseigneur, avec son imagination ardente, son caractère passionné, nous met souvent dans la nécessité de gêner ses goûts, de froisser ses inclinations... la raison d'état...

LE DOCTEUR.

Mais, monsieur le comte, l'humanité...

LE CONSEILLER.

Docteur, vous n'entendez rien à la politique... songez qu'un seul instant d'indulgence pourrait nous faire perdre le fruit de quinze ans de surveillance et d'honorables travaux. Vous ne savez peut-être pas qu'il a déjà des idées.

LE DOCTEUR.

Et vous aimeriez mieux qu'il n'en eût pas.

LE CONSEILLER.

Non, mais... des idées... des idées de jeune homme.

LE DOCTEUR.

Après tout... un cœur de vingt ans...

LE CONSEILLER.

Pour le cœur, rien de mieux!... une inclination pure et chaste... comme celle qui le tient maintenant... très-bien... ça occupe... et ça n'a pas d'inconvénients... encore... cette inclination a-t-elle pris depuis quelques jours un caractère alarmant... le jeune prince parle de mariage; nous y mettrons bon ordre... la raison d'état. .

LE DOCTEUR.

Mais la raison d'état n'a rien de commun...

LE CONSEILLER.

Ah!.. vous trouvez donc que... L'autre... en nous laissant ce fils, nous a fait un joli cadeau ?

LE DOCTEUR.

Je ne vois pas où vous voulez en venir.

LE CONSEILLER.

Croyez-vous qu'il soit à désirer que celui-ci, en mourant, nous lègue les mêmes inquiétudes ?

LE DOCTEUR.

Que dites-vous? en mourant !..

LE CONSEILLER.

Ecoutez donc, mon cher docteur, il faut tout prévoir... Je vous remercie d'avoir bien voulu lever mon scrupule.

LE DOCTEUR, *très-froidement.*

Monsieur le comte, je vous salue.
(Il sort par le fond, le Conseiller l'accompagne jusqu'à la porte.)

SCÈNE VI.

LE CONSEILLER, *à l'écart,* LE PRINCE, *en frac noir, et*
MULLER *entrent par la gauche.*

(Muller porte sous sa redingotte une épée et un sabre.)

LE PRINCE, *vivement à Muller.*

Pourquoi n'as-tu pas été m'attendre dans le parc ?.. c'était
convenu...

MULLER.

Ya, mon tic.

LE PRINCE.

Tu fais toujours des maladresses.

MULLER.

Ya, mon tic.

LE PRINCE.

Au lieu de te promener avec cette épée... et ce grand dia-
ble de sabre... tu as l'air d'un arsenal ambulant.

MULLER.

Ya, mon tic. ..

LE PRINCE.

Allons viens, suis-moi.

(Ils vont pour sortir par le fond.)

LE CONSEILLER, *lui barrant le passage.*

Monseigneur, je suis confus de vous arrêter... mais ce
duel ne peut avoir lieu.

MULLER, *à part.*

Un tuel... Oh mein gott !..

LE PRINCE.

Quoi ! monsieur, vous savez...

LE CONSEILLER.

Monseigneur, par état, je dois tout savoir... hier, vous
avez provoqué le colonel de Forback... ce matin, l'autorité
a fait son devoir.

LE PRINCE.

Comment cela, monsieur ?..

LE CONSEILLER.

Le colonel est aux arrêts.

LE PRINCE.

Mais si le colonel se trouve offensé ?

LE CONSEILLER.

M. de Forback sait trop bien vivre pour ignorer que, de la part d'un prince du sang, tout est honorable...

LE PRINCE, *avec une ironie amère.*

Même une insulte ?.. mais mon honneur...

LE CONSEILLER.

Votre honneur, mon prince, est inattaquable ; son excellence l'a dit. Eh ! que deviendrait la légitimité, si les jeunes princes, n'ecoutant que l'ardeur de leur sang, s'exposaient à le faire couler sous la main du premier venu... il n'y aurait plus de gouvernement possible ! non, monseigneur, la raison d'état défend aux princes d'avoir trop de courage... et puis, j'ai déjà eu l'honneur de vous le dire, par état je dois tout savoir...

LE PRINCE.

Eh bien ! monsieur ?..

LE CONSEILLER.

Ce n'est pas au colonel de Forback que s'adresse votre colère ; vous poursuivez en lui le futur époux de la jeune comtesse Emma de Felsberg.

LE PRINCE.

Son futur époux !.. aurait-on songé sérieusement à ce mariage ?

LE CONSEILLER.

C'est une affaire arrangée... et qui ne peut tarder...

LE PRINCE, *avec force.*

Assez, monsieur... je vous déclare que ce mariage ne s'accomplira pas... j'y opposerai toute la force de ma volonté.

LE CONSEILLER.

Votre volonté, prince !.. il en est une plus puissante encore... elle s'est prononcée... et il faudra céder.

(Il salue profondément.)

LE PRINCE.

Jamais.

LE CONSEILLER, *à part.*

Le jeune homme prend du caractère... il deviendrait gênant... si ça devait durer.

(Il sort.)

SCÈNE VII.

LE PRINCE, MULLER.

LE PRINCE, *placé en face de Muller.*

Mais que veulent-ils donc faire de moi ?..

MULLER.

Che safre bas.

LE PRINCE.

Pas un penchant, pas une passion qu'ils ne m'ordonnent d'étouffer !.. un moment j'ai rêvé la gloire...

MULLER.

Oh! la gloire !.. c'être pien peau !

LE PRINCE.

Ils me l'ont interdite! aujourd'hui c'est l'amour qui fait battre mon cœur... ils me défendent d'aimer! Ma patience se lasse à la fin !.. la chaîne est devenue trop lourde... je la briserai !..

MULLER.

Ya, ya, ya, mon tic... il faut priser le chaîne... j'aberçois matemiselle Emma.

LE PRINCE.

Emma !.. ah! qu'elle vienne !..

SCÈNE VIII.

LES MÊMES, EMMA.

LE PRINCE, *allant au devant d'elle.*

C'est vous, Emma !..

EMMA.

Je vous l'avais promis.

LE PRINCE.

Oh! j'y comptais... j'ai bien besoin de vous voir... car je suis bien malheureux !..

EMMA.

Qu'avez-vous, prince ?.. qui peut vous agiter ainsi ?

LE PRINCE.

Ecoutez, Emma... je vous l'ai dit... vous êtes tout pour moi! depuis ma naissance, moi, pauvre enfant de roi... on m'a enfermé dans cette immensité de lambris dorés... autour de moi, une haie de soldats et de geôliers; pourquoi ?.. vous le savez... pour empêcher que jamais un regard de pitié ne rencontrât mon regard. Je demandais quelqu'un qui m'aimât, et personne !.. mon père était mort sans que je l'eusse embrassé, et ma mère... jusqu'à ma mère qu'on tenait éloignée de moi, et qui n'était pas là pour consoler son enfant, quand il versait des larmes de désespoir !.. ah ! c'était un cruel abandon !..

EMMA.

Pourquoi parler encore de vos chagrins ?.. je croyais les avoir adoucis en les partageant.

LE PRINCE.

Oh ! oui... vous avez eu pitié de mon isolement... oui, mes fers sont devenus moins lourds depuis que vous m'aidez à les porter !.. et voilà le bonheur dont mes tyrans sont jaloux; Emma, l'on veut nous séparer !

EMMA.

Nous séparer, dites-vous ?..

LE PRINCE.

Tout-à-l'heure encore, ne m'a-t-on pas parlé de votre prochain mariage avec le colonel de Forback ?

EMMA.

Mon mariage !.. ah ! qu'ils ne l'espèrent pas !.. non, jamais !..

LE PRINCE.

Jamais, n'est-ce pas ?.. car vous m'aimez, Emma ; vous me l'avez dit... et votre bouche est pure de mensonge. Mais comment vous soustraire à cet odieux mariage ?..

EMMA.

Mais, je ne sais... c'est à vous que j'ai confié ma destinée... orpheline aussi, je suis dans la dépendance d'une famille puissante, aux exigences de laquelle je ne puis opposer que mes larmes ; peut-être ils feront parler l'Empereur lui-même... oh ! qui me protégera, moi faible femme... si vous m'abandonnez ?

LE PRINCE.

Vous abandonner !.. oh ! je saurai vous défendre !.. mon sang, ma vie, je donnerais tout !.. mais que faire ?.. comment ?.

MULLER, *qui s'est tenu à l'écart, vient se placer entre eux deux.*

Comment tites-fous ?.. j'y afre sonché, moi... mon tic, l'y être fous pien técité ?

LE PRINCE, *avec force.*

Décidé à tout.

MULLER.

Eh pien ! il faut fuir !..

LE PRINCE.

Fuir!.. mais quel moyen ?.. où?..

MULLER.

Quel moyen?.. ein chaise de boste... à l'entrée tu parc... et les relais tout prêts. Où?.. en France!

LE PRINCE.

En France! que dis-tu ?..

MULLER.

La vérité!.. et c'est ici le moment de tout apprendre: (*Se redressant.*) Jusqu'à présent, mon duc, vous n'avez vu en moi qu'un allemand... c'est un français que vous aviez près de vous... un soldat qui a suivi Napoléon à Sainte-Hélène!..

LE PRINCE, *au comble de l'étonnement.*

Toi, Muller, soldat de mon père ?..

MULLER.

En doutez-vous encore! (*Il ouvre son Gilet et découvre une croix-d'honneur.*) Voyez cette croix!.. c'est l'Empereur qui l'a attachée sur ma poitrine... elle ne l'a jamais quittée!..

LE PRINCE, *lui tendant les bras.*

Ah! dans mes bras!.. sur mon cœur!.. je croyais n'avoir auprès de moi qu'un ami... et c'est un français que j'embrasse! (*Muller se précipite dans ses bras.*) et tu as suivi mon père ?..

MULLER.

J'ai assisté à ses derniers moments.., je l'ai vu mourir... et de quelle mort !... pauvre homme!.. ah! c'est une idée qu'on ne m'ôtera pas, mon empereur ne serait pas mort sitôt, si on ne l'avait pas aidé...

LE PRINCE *et* MULLER.

Quelle horreur!

MULLER.

C'est comme ça... là-dessus j'ai pensé qu'ils en feraient autant de son fils, et je me suis dit : ça ne sera pas de mon vivant toujours, ou ben... suffit! Je suis parti pour Vienne; je n'avais pas de peine à baragouiner l'Allemand... je suis des frontières d'Alsace. Je suis venu me faire recevoir soldat Autrichien. Ils fesaient des difficultés... excusez. Enfin, j'ai tant fait l'imbécile... qu'ils ont dit : c'est un des nôtres... et me v'là Kenserlitk! un habit blanc sur mon dos.., ça m'fesait rougir; mon catogan, que j'avais promené en vainqueur dans toutes les capitales... devenu queue à la prussienne. Mais, c'est rien que ça, mon duc. Moi vieux soldat d'Iéna, d'Austerlitz et de Waterloo... un caporal Allemand m'a donné la schlague... oui à moi des coups de bâton!.. c'était cruel, hein !.. pendant qu'on me battait, je sentais des larmes de rage qui me brûlaient le visage, mais,.. je ne disais rien... car je pensais : c'est pour lui que je souffre, pour lui... le fils de mon empereur !..

EMMA.

Brave homme !

LE PRINCE.

Pauvre Muller !

MULLER.

Ah !.. il fallait arriver jusqu'à vous... me faire attacher à votre personne... et pour ça, rien ne me coûtait ! enfin, il y a deux ans, une occasion vint s'offrir : dans une revue, votre cheval s'emporta... on craignait pour votre vie... je sors du rang, je m'élance au devant de l'animal... et en l'arrêtant j'ai le bonheur de me faire casser une jambe... le reste, vous le savez... on m'a offert de choisir ma récompense... j'ai demandé à être votre valet de chambre, pour ne plus vous quitter, pour veiller sur vous de nuit et de jour... me faire tuer pour vous, ou enfin... vous délivrer ! si vous voulez, c'est pour aujourd'hui.

LE PRINCE , *vivement.*

Quels sont tes projets ?.. parle.

MULLER.

De vous faire sortir d'Allemagne où l'on finirait par vous étouffer... pour vous rendre à la France, à tous ceux qui ont conservé le souvenir de votre père !..

LE PRINCE.

De mon père ?.. non, ce n'est pas là sa dernière volonté : je défends, disait-il, à mon fils de chercher à reconquérir la couronne de France : il ne le pourrait qu'au prix du sang français... et ce serait la payer trop cher...

MULLER, *avec naïveté.*

C'est extraordinaire... il ne m'a jamais dit un mot de ça. Mais tenez, lisez ceci... vous y verrez quelles espérances vous devez former. (*Il lui présente des papiers que le prince repousse; il les lui met de force dans la main.*) Mais prenez donc.

LE PRINCE.

C'est inutile.... je ne partirai pas.

MULLER , *froidement.*

Allons soit... et dans huit jours, vous assisterez au mariage de mademoiselle Emma de Felsberg avec le colonel...

LE PRINCE , *avec force.*

Tais-toi, malheureux... tais-toi !.. qu'oses-tu dire ?..

MULLER.

La vérité... vous le savez comme moi.

LE PRINCE.

Oh ! la perdre !.. la voir passer dans les bras d'un autre...
car ils le feraient !.. eh bien !..

MULLER, *vivemeent.*

Vous consentez.

LE PRINCE, *à Emma.*

Si je pars, Emma... me suivrez-vous ?

EMMA.

Partout.

MULLER.

Eh ! parbleu ! au bout du monde !..

LE PRINCE.

Le sort en est jeté ! hâte-toi, Muller... je voudrais être
déjà loin d'ici.

MULLER.

Mademoiselle, allez faire vos préparatifs... moi je n'ai besoin que d'un moment pour prévenir nos affidés... dans une
heure, soyons prêts... et dans quatre jours en France !..

(Il sort par la gauche, Emma par la droite.)

SCENE IX.

LE PRINCE, *seul.*

En France ! a-t-il dit, dans quatre jours !... en France !...
loin de ce soleil froid d'Allemagne qui jamais n'a pu réchauffer
ma poitrine... en France où régna mon père... et libre enfin !... libre avec celle que j'aime !... celle qui la première a
fait battre mon cœur de vingt ans !... libre avec tout ce qui
m'attache à la vie !... (*S'arrêtant.*) Mais... si notre entreprise
échouait !... dans ce monde où tout est nouveau pour moi...
où je m'avance en aveugle, puis-je savoir où je cours ?... A
la mort peut-être... (*Avec élan.*) Oh non ! l'étoile de mon père
me protége, elle brille devant moi !... Arrière donc les ter-
reurs de l'avenir !... l'avenir s'ouvre large et beau devant le
fils de Napoléon !... (*Il considère les papiers que Muller lui a
remis.*) Quels peuvent être ces papiers ?... des lettres à l'a-
dresse de mon fidèle Muller... des lettres de France !... que
vont-elles m'apprendre ?... (*Il les parcourt.*) « Roi de Rome !...
Empereur des .... » Toujours leurs souvenirs !... toujours
vouloir faire de mon nom un drapeau !... Non, non... je ne
partirai pas... je dois rester. Rester !... oui... si mes tyrans ne
me forçaient pas à fuir !... mais vouloir me séparer de mon
Emma !... les cruels !... (*Avec épuisement.*) Ah ! je souffre par-
fois comme si quelque mal intérieur me dévorait sourde-

ment... c'est l'effet du chagrin... (*Il se lève.*) Elle ne peut être ma femme, disent-ils, parce que je suis prince!... Dérision!.. elle la sera... nous partirons ensemble!... Partir!... et pourtant... (*Il entend marcher.*) On vient!... (*Il cache les lettres dans sa poitrine et aperçoit le conseiller qui vient d'entrer.*) Le comte!.. ah! je veux tenter un dernier effort.

SCÈNE X.

LE PRINCE, LE CONSEILLER, *puis* MULLER.

LE PRINCE, *allant au-devant du conseiller*

M. le comte, vous ne pouviez venir plus à propos... je vous désirais...

LE CONSEILLER, *d'un ton patelin.*

C'est vous aussi, monseigneur, que je cherchais.

(En ce moment Muller sort de la chambre à gauche, puis apercevant le conseiller, il s'arrête et dit :)

MULLER, *à part.*

Encore ce grand jésuite-là!... Oblique à gauche.

(Il rentre dans la chambre, mais sans disparaître, et prêtant l'oreille à la conversation.)

LE PRINCE.

M. le comte, je viens à vous franchement : ce matin je me suis emporté, j'ai eu tort; serez-vous assez bon pour l'oublier?...

LE CONSEILLER.

Monseigneur, je ne sais pas garder rancune à un prince du sang.

MULLER, *à part.*

Hum... grand plat!

LE PRINCE.

Je conviens que tout ce que vous m'avez dit ce matin est extrêmement sage; il serait à souhaiter, pensez-vous, que j'eusse autrement placé mes affections; la raison d'état doit s'opposer à cette union; je vous accorde tout cela; tout cela est parfaitement raisonné...

LE CONSEILLER.

Eh bien! monseigneur, nous voilà d'accord... nous le serons toujours quand vous voudrez raisonner.

MULLER, *à part.*

Est-ce que mon duc s'entendrait avec ce visigoth-là?

LE PRINCE, *avec expression.*

Mais, monsieur, si mon amour est plus fort que tous les

La mort. 3.

raisonnemens; si je vous dis qu'il me serait impossible de l'étouffer... que cet amour c'est ma vie... que si vous m'ôtez mon amour, je mourrai... Qu'aurez-vous à répondre?... Ce n'est pas ma mort que vous voulez, n'est-ce pas?... Eh bien! ne me dites plus qu'il faut oublier Emma... ou dites-moi plutôt qu'il faut mourir!...

LE CONSEILLER, *très-froidement.*

Non, monseigneur, ça contrarie... mais on n'en meurt pas.

MULLER, *à part.*

Oh! que j'ai bien envie de te contrarier un peu à grands coups de plat de sabre!...

LE PRINCE, *avec force.*

Mais vous ne voyez donc pas, monsieur, que votre sang-froid me brise le cœur... que chacune de vos paroles est un coup de poignard qui me répond là... ne devriez-vous pas par humanité?...

LE CONSEILLER.

La raison d'état...

LE PRINCE.

Ah! vous me faites pitié!...

MULLER, *à part.*

Ça dégoute, ma parole d'honneur!...

LE CONSEILLER, *hypocritement.*

Monseigneur, vous nous rendrez un jour plus de justice; vous comprendrez que votre naissance... que le rang où vous êtes placé... celui que l'avenir vous réserve peut être... que le fils de Napoléon...

LE PRINCE.

Le fils de Napoléon!... ah! oui, vous l'avez dit, et je vous devine à présent... le nom de mon père, voilà ce qui me condamne!... le souvenir de mon père .. le sang de mon père qui brûle mes veines, qui fait battre mon cœur et fermenter ma tête, voilà ce que vous vous efforcez, non pas de conserver pur et sans tache comme vous le dites faussement, mais ce que vous voulez emprisonner en moi pour mieux l'étouffer; voilà ce qui depuis quinze ans a fait de moi un être à part, isolé de tout, ne se rattachant à rien!... vous avez tué mon avenir, parce que vous ne pouviez effacer le passé!... (*Avec exaltation.*) Mais au nom de Dieu!... parlez!... que voulez-vous de plus?... Avez-vous résolu de prolonger long-temps encore cette affreuse agonie?... Vous êtes-vous faits mes bourreaux à toujours, ou quel terme avez-vous marqué à mes tortures?... Mon nom vous fait peur?... ôtez-le moi!... dites que je suis mort... au lieu de faire de moi un archiduc, laissez-moi n'être qu'un homme obscur, sans titres, sans nais-

sance... mais un homme enfin, à qui il soit permis de vivre
de cette vie commune permise à tous, aimer et être aimé!...
(*Avec larmes.*) M. le comte, prenez pitié de moi...

(Il tombe à ses genoux.)

MULLER, *à part.*

Eh ben! eh ben! qu'est-ce qu'il fait donc?...

LE PRINCE, *à genoux.*

Demandez-le pour moi à l'empereur... je vous gêne ici...
renvoyez-moi... loin... bien loin... au bout du monde... à
Saint-Hélène, si vous voulez... où ils ont tué mon père... J'i-
rai!... Un coin de terre, elle et le tombeau de mon père...
et je pars et je vous bénirai!...

MULLER, *à part*

Eh bien! il ne relèvera pas mon duc!...

LE CONSEILLER, *relevant le duc.*

Relevez-vous de grâce, monseigneur... vous me feriez
croire que vous perdez l'esprit...

MULLER, *à part.*

Hein?

LE CONSEILLER.

Demander à l'empereur votre union avec Mlle de Felsberg!... J'étais venu, monseigneur, pour vous annoncer
qu'une dépêche de Son Excellence m'apprend que Sa Majesté
Impériale signera, dans deux jours, le contrat de Mlle Emma
de Felsberg avec M. le baron de Forback.

LE PRINCE.

L'ai-je bien entendu! dans deux jours!... Ah! vous n'avez
pas voulu me laisser le temps de m'opposer à cet affreux mariage... Eh bien! vous m'en avez laissé trop encore, car je
vous le répète, M. le comte, ce mariage ne s'accomplira pas.

MULLER, *à part, avec impatience.*

L'heure s'avance... assez causé.

LE CONSEILLER, *au prince.*

Encore des menaces!... c'est maintenant à l'empereur
qu'elles s'adressent. (*A part.*) Quel soupçon!...

LE PRINCE, *sèchement.*

M. le comte, vous m'obligerez de me laisser seul.

LE CONSEILLER.

Je me retire.

MULLER, *à part.*

Et plus vite que ça.

LE CONSEILLER, *à part.*

Ne le perdons pas de vue.

(Il sort par le fond.)

SCENE XI.

LE PRINCE, MULLER.

MULLER.

(Il a suivi le Conseiller à pas de loup; et aussitôt que ce dernier a passé la porte, il s'écrie) :

Vilain chinois, tu es ben heureux que nous n'ayons pas seulement dix minutes à perdre... je les employerais à te tordre le cou.

LE PRINCE, *avec résolution.*

C'est toi, Muller... il faut partir !

MULLER.

Présent, mon duc... ça ne sera pas long.

LE PRINCE.

Tu as entendu ?

MULLER.

Tout !

LE PRINCE.

Qu'en dis-tu ?

MULLER.

Rien... j'en dirais trop .. la berline nous attend.

LE PRINCE.

Et Emma ?

MULLER.

Ici près... avec armes et bagages.

LE PRINCE.

Va la chercher.

MULLER.

J'y cours... mais d'abord... votre manteau... (*Il le lui met sur les épaules.*) c'est celui de Marengo !.. Votre épée... c'est celle de l'empereur !

LE PRINCE, *la saisissant.*

De mon père !

MULLER.

Il faudra peut-être la tirer.

LE PRINCE.

Contre qui ?.. craindrais-tu quelques dangers ?

MULLER.

Je ne crains rien du tout... c'est plutôt fait; mais je sais tout prévoir... Et pour obtenir celle que vous aimez, pour échapper à vos geôliers, pour revoir la France...

LE PRINCE, *tirant son épée.*

J'ai l'épée qui a conquis le monde, et mon père veille sur moi !

MULLER.

Oui, il est là haut, l'ancien... qui ne nous perd pas de vue... (*Fixant les yeux devant lui comme s'il s'adressait à une réalité, et la main placée pour le salut militaire.*) Sire, vous me l'avez confié faible enfant, en butte aux poignards, aux poisons, aux complots assassins; je le rends à la France homme fait, plein de santé, brillant de force et d'avenir! (*au prince*) je vas faire avancer l'arrière-garde.

(Il entre à droite.)

SCENE XII.

Le PRINCE, *seul.*

(*Il se promène à grands pas dans un état d'exaltation, et tenant à la main son épée nue.*)

Quelques minutes encore... et ma chaîne est brisée! Plus de vains titres, plus de laquais dorés, plus d'altesse impériale, et partant plus de fers, plus de bourreaux, plus d'esclavage! A moi la vie d'homme libre! à moi le séjour de la ville ou des champs; à moi, d'abord, la France si désirée; et puis ensuite, à mon caprice, ou l'Espagne, ou la belle Italie, ou les courses en mer... A moi le monde!.. à moi l'avenir!.. (*Il s'est affaibli par degrés et s'arrête tout d'un coup.*) Mais mon Dieu!.. qu'est-ce que j'éprouve?.. je me sens défaillir... mes forces... je n'en ai plus... (*Il s'appuie sur son épée et s'approche du canapé, où il finit par tomber.*) Mes yeux... se voilent... Les objets tournent... autour de moi... mon cœur... s'en va... Ah! je meurs...

(Il tombe privé de sentiment; son épée est à ses pieds.)

SCÈNE XIII.

LE PRINCE, MULLER *ramenant* EMMA.

MULLER.

Venez, mademoiselle... le temps presse... (*Apercevant le prince évanoui.*) Que vois-je! ô ciel!.. privé de sentiment... qu'est-il donc arrivé?

(Il court à lui.)

EMMA, *accourant aussi.*

Serait-il blessé?

MULLER.

Blessé? oh! non... pourtant... (*Il l'examine.*) Mais non... c'est une défaillance... Et nos gens qui nous attendent!

EMMA.

Comment le ranimer?

MULLER.

Si je pouvais !

(Il essaie de le soulever.)

LE PRINCE, *ouvrant les yeux.*

Oh ! je souffre !

EMMA.

Il revient à lui !

MULLER.

Mon prince... il faut partir... l'heure s'écoule...

LE PRINCE, *faiblement.*

Partir ?.. oui !.. (*Il fait un effort et retombe.*) J'étouffe... appelle le docteur...

MULLER.

Appeler ?.. mais notre départ...

LE PRINCE, *très-faible.*

Ah ! oui... notre départ.... je suis bien mal...

(Il s'évanouit de nouveau.)

EMMA.

Muller, il n'y faut plus penser... il est hors d'état... (*Appelant.*) Du secours !

MULLER.

Que faites-vous ?.. c'est un moment à passer... (*On entend du bruit au-dehors.*) Tout est perdu !

SCENE XIV.

Les Mêmes, LE DOCTEUR, *Domestiques.*

LE DOCTEUR, *accourant.*

Qu'est-ce ?.. pourquoi ces cris ?..

EMMA.

Ah ! M. le docteur !.. le prince... voyez dans quel état !..

MULLER.

Ce n'est rien... n'est-ce pas, M. le docteur ?.. une faiblesse... il était très-bien portant... je le quitte un moment... et en rentrant... (*Remarquant l'inquiétude du docteur qui examine le malade avec attention.*) M. le docteur, est-ce que c'est sérieux ?..

LE DOCTEUR.

Désespéré !

MULLER.

Mais tout-à-l'heure encore il était plein de force et de santé,.. Qui donc l'a tué ?

LE DOCTEUR.

Depuis cinq ans il portait en lui le germe du mal qui le tue.

MULLER.

Depuis cinq ans !.. Que fallait-il donc faire pour le sauver ?

LE DOCTEUR.

Le sauver n'est pas au pouvoir des hommes... La nature
l'a condamné !

MULLER.

Condamné !.. et moi qui m'applaudissais... (*Avec sanglots
et cachant sa tête dans ses mains.*) Ah ! mon pauvre enfant !

LE DOCTEUR, *qui fait respirer des sels au malade.*

Silence !.. il revient à lui.

LE PRINCE, *ouvrant les yeux.*

C'est vous, docteur... Merci de vos secours !.. mais... ne
vous y trompez pas... le mal est sans remède...

SCENE XV.

LES MÊMES, LE CONSEILLER, GRENADIERS.

LE CONSEILLER.

Des sentinelles à toutes les issues... Un grand attentat a
failli être commis... l'enlèvement d'un prince du sang impé-
rial...

LE PRINCE, *se soulevant avec peine.*

Qu'on n'accuse que moi... moi seul... j'ai voulu me déro-
ber à une captivité devenue insupportable !..

LE CONSEILLER, *à Emma.*

Vous ici, mademoiselle... permettez que je vous offre la
main jusqu'à votre appartement.

LE PRINCE, *avec un geste suppliant.*

Oh ! M. le comte, je n'ai peut-être que bien peu de temps
à la voir encore !...

LE CONSEILLER, *étonné au docteur.*

Que dit le prince ?

LE DOCTEUR, *bas.*

La vérité. Quelques instans encore, et tout sera fini !.. Vous
ne voulez pas attrister ses derniers momens ?...

(Le conseiller, qui s'est approché du malade avec plus de curiosité
que d'intérêt, aperçoit sur le canapé un paquet de lettres tombé
de la poitrine du jeune prince, au moment où, pour lui porter
secours, on a ouvert son habit ; il s'empare de ces lettres et les
parcourt jusqu'à la fin de la scène avec une attention mêlée de
surprise, et de temps en temps observant Muller.)

LE PRINCE.

Emma... un baiser de sœur sur le front du mourant.

(Emma l'embrasse en pleurant.) Muller, mon vieil ami... ta main... le rêve est fini... ne me quittez plus... je sens que le moment approche... mes amis... Ne pleurez pas ainsi... je ne souffre pas... C'est triste... oui... mourir si jeune... à vingt-un ans!... quand on aime!... et sans avoir revu la France!... *(Faisant signe d'ouvrir les fenêtres.)* Oh! de l'air!... *(On ouvre les fenêtres.)* Oh! là-bas... le ciel est pur et brillant... c'est le ciel de la patrie!.. je le salue de loin... pauvre exilé!... comme mon père!... que je vais rejoindre!... L'épée de l'empereur!.. *(On la lui présente, il la baise et dit en la serrant.)* Je ne l'aurais jamais tirée contre la France, moi!.. J'ai froid!... *(On ramène sur lui les pans du manteau dans lequel il est tombé; il le reconnaît.)* Le manteau de Marengo!... mon père est mort dans le même linceul... à tous deux le même tombeau... La colonne!...

(Il meurt.)

LE DOCTEUR.

Mort!

*(Tous ceux qui l'entourent tombent à genoux. Deux grenadiers
s'approchent de Muller sur un signe du conseiller.)*

LE CONSEILLER.

Emparez-vous de cet homme!... c'est un traître.

MULLER, *se relevant.*

Ah! vous savez tout?.. Eh bien! oui, cet homme est un traître aux Autrichiens, cet homme est un Français!... Le père est mort dans mes bras, j'ai vu mourir le fils... Napoléon est tout entier dans le tombeau... Je n'ai plus rien à faire au monde... qu'on me fusille...

FIN.